蓮的聯想

余光中

目錄

蓮的聯想

蜻蜓點水為誰飛？

——九歌新版序

《蓮的聯想》在初版四十三年之後終於要出新版，此刻我的心情，不再是低迷的藕斷絲連，而是安慰的荷塘新香。

四十多年前那個夏天，我還是年輕的講師，住在台北廈門街一條隱祕的小巷子裏，正倦於西方現代主義之飛揚跋扈，並苦於東歸古典之無門。天啟一般，忽有蓮影亭亭，荷香細細，引我踏上歸途。沿路的美景應接不暇，幸好多已記入詩中，成為歸人心情的日記，輯為一集，就是這本《蓮的聯想》。裏面的三十首詩，除了前面三首與後面兩首分別成於一九六一年與一九六三年之外，其他全寫於一九六二年，尤其集中在夏天。那年夏天我化身為一隻蜻蜓，逍遙而倏忽，在荷香的小千世界點水朝聖。幸好莊周夢的是蝴蝶，把蜻蜓留下了給我。我的生肖屬龍，英文把蜻蜓叫做dragonfly，正與我有緣，似乎要我龍蟲並雕，像王了一那樣。蜻蜓在英文裏還有個綽號，叫做devil's darning needle（魔鬼的縫針），也富於詩意。

《蓮的聯想》在六十年代初期出現，是我漫漫詩途的一大轉折，也是有意擺脫西化潮流，尤其是現代主義的起步。當時我自詡為新古典主義，引起一些同道的共鳴，也招來不少誤會與指摘，不過那樣的情境我並未低迴太久。這本詩集初版於一九六四年六月，同年九月我便二度去了美國，對李賀與李商隱的耽溺也就在新大陸漸漸「解魅」了。等到一九六六年回台前夕，〈敲打樂〉的重金屬響起，我的詩情已因現實的壓力進入了《在冷戰的年代》，場景全換了，一直要到八十年代《隔水觀音》出版，才偶然會重現《蓮的聯想》的餘音。

本集的出版史歷經滄桑：最早由文星書店出版，書店歇業後蕭孟能處理版權草率，本集先後曾由大林與時報等接手，版權不清，竟遭人控告，謂本集交他社出版，構成「詐欺」。不少作家也同時因此被告。法庭判決結果，我們全勝訴了：英勇的林海音連律師都不請更親自出庭抗辯。我這蓮池仍歸蜻蜓所有。

近十多年來，此集身世飄零，形同絕版，但不絕的是仍有讀者此起彼落向作者表示欣賞，或探聽那一方蓮池的下落。在演講會後，也每有聽眾持書索簽，版本不一，偶然也見當年文星的原版，均為家中父母一輩早年所藏，令我感動。老友陳芳明迄今對集中的詩句仍屢引不忘。高足黃秀蓮三十年來一直是此集的知音。更不提學者、作家如黃維樑、陳幸蕙者先後把這些作品當作「余學」來評析。另一老友，音樂家劉岠渭近日還能整段背誦其中詩句，自稱迄今印象仍深。

三十首詩中，屢次有人評析或引述者，包括〈等你，在雨中〉、〈滿月下〉、〈碧潭〉、〈月光曲〉、〈迴旋曲〉等作。〈等你，在雨中〉已收入台灣、香港、大陸的國文課本，流傳頗廣。〈迴旋曲〉早在三十年前已由楊弦譜曲，在台北中山堂演唱，迄今仍是殷正洋最喜歡唱的一首歌；四年前他曾隨我去大陸演唱，很受歡迎。

在《蓮的聯想》推出新版的前夕，一縷不絕的藕絲仍然牽動吾心，那便是此集最早的知音，去世才三年的熊秉明先生。熊先生長我六歲，是傑出的雕塑家、畫家、藝評家，兼擅書法，早年與吳冠中、趙無極等同時留學法國，後來定居巴黎。他的藝評十分深刻，文筆十分精準流暢，對羅丹賞析尤深；另一方面，他也是詩人，對文字極為敏感。早在一九六六年，他就在《歐洲雜誌》的冬季號上發表了賞析《蓮的聯想》的長文：〈論三聯句——關於余光中的《蓮的聯想》〉此文對我在《蓮》集裏開發的詩體，從詩與音樂兩方面詳加分析，並引宋詞以為印證，連我自己來分析也不會如此中肯。當年此文給我的鼓舞極大，令我發現華文世界天外有天，不乏知音的子期。「不惜歌者苦，但傷知音稀。」雖然是太遲了，未能趕在熊先生生前，我仍願在此將這本隔世的宋詞獻給他在天之靈。

余光中

二〇〇七丁亥初夏
於高雄西子灣

《蓮的聯想》各版序言及後記

蓮戀蓮

——一九六四年文星版序

一

身為一半的江南人，第一次看見蓮，卻在植物園的小蓮池畔。那是十月中旬，夏末秋初，已涼未寒，迷迷濛濛的雨絲，霑濕了滿池的香紅，但不曾淋熄熒熒的燭焰。那景象，豪豔之中別有一派淒清。那天獨衝煙雨，原要去破廟中尋訪畫家劉國松。畫家不在，畫在。我迷失在畫中，到現在還沒有回來。

沒有找到畫家，找到了畫，該是一種意外的發現。從那時起，一個綽約的意象，出現在我的詩中。在那以前，我當然早見過蓮，但睜開的只是睫瓣，不是心瓣，而蓮，當然也不曾向我展現它（她？祂？）的靈魂。在那以前，我是納息塞斯（Narcissus），心中供的是一朵水仙，水中映的也是一朵水仙。那年十月，那朵自戀死了，心田空廓者久之，演成數叢沙草，萬頃江田。那天，蒼茫告退，嘉祥滋生，水中的倒影是水上的華美和冷雋。

對於一位詩人，發現一個新意象，等於伽利略的天文遠鏡中，泛起一閃尚待命名的光輝。一位詩人，一生也只追求幾個中心的意象而已。塞尚的蘋果是冷的，梵谷的向日葵是熱的，我的蓮既冷且熱。宛在水中央，蓮在清涼的琉璃中擎一枝熾烈的紅焰，不遠不近，若即若離，宛在夢中央。蓮有許多小名，許多美得淒楚的聯想。對我而言，蓮的小名應為水仙，水生的花沒有比它更為飄逸，更富靈氣的了。一花一世界；沒有什麼花比蓮更自成世界的了。對我而言，蓮是美，愛，和神的綜合象徵。蓮的美是不容否認的。美國畫家佛瑞塞（John Frazer）有一次對我說：「來台灣以前，我只聽說過蓮。現在真見到了，比我想像的更美。」玫瑰的美也是不容否認的，但它燃燒著西方的朗爽，似乎在說：**Look at me!**蓮只赧然低語：**Don't stare, please.**次及愛情。「涉江采芙蓉，蘭澤多芳草。采之欲遺誰？所思在遠道」；這方面的聯想太多了。由於水生，它令人聯想巫峽和洛水，聯想華清池的「芙蓉如面」，聯想來自水而終隱於水的西子。青錢千張，香浮波上，嗅之如無，忽焉如有，恍兮惚兮，令人神移，正是東方女孩的含蓄。至於宗教，則蓮即是憐。蓮經，蓮台，蓮邦，蓮宗，何一非蓮？藝術、愛情、宗教，到了頂點，實在只是一種境界，今乃皆備於蓮的一身。

蓮為神座。如來垂目合十，結跏趺坐在蓮花之上。觀世音自在飄蓮渡海，而往普陀。道家的何仙姑，據說也手持開心蓮花。即在西方，蓮亦神乎其花。史詩奧德賽，卷首就有似乎隱射非洲的食蓮人（Lotophagi）之國。英國桂冠詩人丁尼生根據荷說，寫了那首聞名的〈食蓮人之歌〉（Choric Song of the Lotos-Eaters）。據說食蓮可以知足而忘憂，可以一寐千年，永免兵燹。但是據說神話中的lotus只是今日北非的一種二丈許開花果樹，稱為date plum，其花白中帶紅，其實黃色而甜，並非東方習見的water lily。在東方，尤其是中國的古典畫中，蓮也是一大主題。歐洲的畫家甚少以蓮入畫，莫內（Claude Monet）是例外之一。莫內晚年居日伊維尼，園中有蓮池，嘗引艾特溪水注之。在一九〇四年到一九〇八年間，老畫家面臨蓮池，興會淋漓地作了四十八幅油畫，其後於一九一五年，又以同樣主題作了一組大壁畫，成為超現實主義畫家馬松（André Masson）所謂的「印象主義的席思丁教堂」。但是那種五光十色，瀲灩多姿的畫面，和中國的墨荷形成有趣的對照，到底還是西方的情調。

二

自從那天起，蓮在我的心田，抽出一枝靜的意象，淨的意象。聽說劉國松用抽象的筆法畫過墨荷，可惜我沒有見過。如果我是作曲家，我必然以蓮為主題，寫一首交響詩，題名〈蓮池的黃昏〉。我將以甜甜的木簫奏蓮的清芬，以細碎的鋼琴敲出點水的蜻蜓，以低沉的巴宋鼓葉底群蛙的白腹。最後，釜形大銅鼓上隱隱滾過「芙蓉塘外有輕雷」的意境，小提琴的弦上抖落淒清的，濕漓漓的，水鬼們的啾啾。杜步西如果在漢武帝的昆明池濱住過幾個黃昏，該會寫出這種印象派的作品。真的，每次讀到

波漂菰米沉雲黑
露冷蓮房墜粉紅

我總不禁會想起杜步西那種飄忽、空靈的音樂。頗受中國古典詩影響

的美國詩人艾肯（Conrad Aiken），如果能寫一首Variations on a Theme of Tu Fu，將是非常過癮的事。艾肯的詩，本來就有晚唐和南宋的韻味。至於美成和白石詠荷的傑作，作者原是音樂家，韻律之美，自在意中，而意象的鮮活醒目，更是印象主義的神髓。「鳥雀呼晴……葉上初陽乾宿雨，水面清圓，一一風荷舉，」豈非莫內畫面？「秋水且涸，荷葉出地尋丈。因列坐其下，上不見日，清風徐來，綠雲自動，間於疏處，窺見遊人畫船，」這樣的景色，簡直要動雷努瓦（Auguste Renoir）的彩筆了。

我自恨不是杜步西或莫內，但自信半個姜白石還做得成。白石道人的蓮，固然帶有濃厚的情感，但是他的亭亭和田田畢竟還是花和葉，不是「情人不見」。我的蓮希望能做到神、人、物，三位一體的「三棲性」。它、她、祂。由物蛻變為人，由人羽化為神，而神固在蓮上，人固在蓮中，一念精誠，得入三境。美之至，情之至，悟之至，只是一片空茫罷了。在這種交疊湧現的意象之中，我完成了年來大部分的作品，且將結集出版。涉江采芙蓉，算是沒有空手而返。

三

蓮是有人性有神靈的植物。無論是「雨裏紅蕖冉冉香」或是「門外野風開白蓮」，都有一種飄然不群的風範和情操。移情作用，於蓮最為見效。立在荷塘草岸，凝神相望，眸動念轉，一瞬間，踏我履者是蓮，拔田田之間，亭亭臨風者是我。岸上和水中，不復可分，我似乎超越了物我的界限，更超越了時空。有過這種經驗，你便會感覺，蓮也有一種輪迴。鳳凰以五百年為一週期。司馬遷以為周公卒五百歲而有孔子，孔子卒五百歲而意在己，不也是一種週期性的感覺？蓮以一暑為一輪迴，「蓮華藏世界」，以一花為一完整的宇宙。「菡萏香銷翠葉殘」，死去的只是皎白酡紅的瓣和擎雨迎風的葉，不死的是蓮，是那種古典的自給自足和宗教的空茫靜謐，是那種不可磨滅的美底形象。情人死了，愛情常在。廟宇傾頹，神明長在。芬芳謝了，窈窕萎了，而美不朽。你會感覺，今年的蓮即去年的蓮。如果時間的對岸可采芙蓉，則今人涉江固猶古人涉江；芙蓉的靈性在一切的芙蓉裏，不多也不少。永恆不是一條漫無止境的直線，永恆是一個玲瓏的圓，像佛頂的光輪。一切天體，皆呈球形。銀河之外旋轉著銀河之外，旋轉著更多的銀河。宇宙膨脹著，永恆之輪在紡織時間。

蓮是神的一千隻臂，自池底的腴泥中升起，向我招手。一座蓮池藏多少複瓣的謎？風自南來，掀多少頁古典主義？蓮在現代，蓮在唐代，蓮在江南，蓮在大貝湖畔。蓮在大貝湖等了我好幾番夏天，還沒有等老。北回歸線以南，一個早該回歸而未回歸的江南人，在一個應有鷓鴣念經而沒有鷓鴣念經的鷓鴣天的下午，在不像西湖卻令人想起西湖的湖畔，轉一個彎，又一個彎，沒有準備看蓮，卻發現自己立在一彎蓮池上。台南可採蓮，江南可採蓮，予戲蓮葉間。蓮是無所不在的，釋迦牟尼！

朱紅色的小計程車憩息在湖濱的柏油路面。「柳岸觀蓮」：柳蔭中，路側豎著一面白漆黑字的牌子。立在現代混凝土的橋上，心隨目遠，眸光翩翩，在蓮與蓮間飛迴如蜻蜓。正是群蛙晝寢的半下午，荷下覆翼著深翠的酣寐。闊大圓滑的綠葉，坐不下佛也坐得下羅漢。風來水面，舉起一張一張的瀲澤，漾起十里的清涼。滿塘的碧羽扇，扇得你六根無汗，七孔生風。於是田田搖曳著田田交疊著田田。娉娉映水，映出嫣嫣赧赧的娟娟娟娟。觀世音，縱您有千手您也難選擇恁多的婷婷，亭亭蓮立！豈惟紅蕖可觀，詩人亦頗可觀。我也是一株蓮，心有千瓣，每一首詩剝開一瓣，剝開三十六瓣，還沒有窺見蓮心。詩人是一種兩棲的靈魂，立在岸上，泳在水中。有的泳在汨羅江，有的向采石磯捕月，有的把淚灑在洛水裏，有的騎馬如坐船，有的坐船如天上坐。人從海底爬到陸上，又一心嚮往著水。可是我並非站在湖岸看水仙的華茲華斯。水仙花已經凋斃，在柏拉圖的故鄉。我是青蓮，我是狂笑孔丘的青蓮。我是藍田別墅的主人。我築蘇堤，我把西湖粧成了西子。

三十六歲。這一驛是蓮之旅，憶往思來，一切莫不連理。蓮心甚苦，十指連心，一股都不能不理，而愈理愈亂。死去的都不曾死盡，今年的連莖，連著去年的蓮莖連著千年前的蓮莖。姜白石的前身是杜牧之。小紅走不完十里的揚州路，再回首，綠葉已成陰子已滿枝。此身雖在堪驚。第一遭聞鷓鴣，不在鬱孤台下，在嘉陵江濱。第一回寫詩，吃菱角，遇見小女孩的母親（那時也是小女孩哪，Cousin Mimi），在石頭城——聽說曹霑就餓死在城下。雞鳴寺。雨花台，重九登高的初秋佳日，二十三歲的母親多攀了山路，翌晨便剪斷了我的臍帶。從此我便交給了戰爭。那是濟南慘案，台灣獨立運動的一年。十九年後，茱萸的孩子從揚子江的上游，踩著倒下去的太陽旗回來。第二年暑假，考取了圍城中的北京大學，津浦路伸出三千里的鐵臂歡迎我去北方，母親伸兩尺半的手臂挽住了我。結果，我成為金陵大學的學生。

那時，我住在一座小紅樓上，窗外便是鍾山。秋天的夜裏，南朝的鬼魂在窗外豎耳竊聽我讀《桃花扇》。但那是十五年前的事了。「南朝賸有傷心淚，更向胭脂井畔流！」這裏不是西湖，亦非後湖，這裏比南朝還南。這裏的緯度相當於驅鱷魚的文豪，啖荔枝的詩宗。青山一髮是中原。他鄉生白髮，舊國見青山。上聯將驗，下聯未卜。三十六歲！怎麼都已經三十六歲了？拜倫、彭斯、梵谷、羅特列克、莫地里安尼、徐志摩，都在這一年結束了生命。到了這種年紀，但丁已經要追隨魏吉爾遊地獄了。王勃、李賀、濟慈、歐文、拉福格、柯比艾爾、納蘭成德，不到這年紀，便闔上了詩集，豎起了石碑，迫老頭子們俯首讓位。則我該性急些，乘王勃的海舟，騎李賀的弱馬而去乎？抑或應等到沈園柳老，江南花落，才繳還這枝彩筆？前半生是水仙，耽於自憐；後半生應是芙蕖，稍解憐憫。碧落。黃泉。如霧的紅塵。白髮。青山。皆瞬間事。蓮仍是蓮。夏去。夏來。蓮仍是蓮。

計程車的喇叭在催了。欲飲琵琶馬上催。柳岸觀蓮，也要計程。這不過是中途罷了，台北在紅塵最濁處喊我回去。黃昏胡騎塵滿城。石頭城也迷失在紅塵裏，另一種紅塵。畢竟，這不是安史之亂。長生殿矗立在長恨歌裏。白居易被譯成蟹行的英文。今夕是七夕，但地上的七夕沒有鵲橋，地上的七夕在蘆溝橋上。

再見了，大貝湖！你應該易名為大悲湖。周敦頤說蓮是君子，出污泥而不染。蓮豈止是君子？即蓮，即人，即神。神在，則污泥莫非淨土，則蓮盞皆光，荷掌可握世界。愛默森說，沒有人能夠活著見神。可是我見過無數次了，在蓮與蓮間。只是人能窺神，而人究竟是人。香消菡萏，露冷蓮房，亦不能漠然無憂。金聖嘆自謂「七歲時，眼窺深井，手持片瓦，欲竟擲下，則念其永無出理。欲且已之，則又笑便無此事。既而循環摩挲，久之久之，驀地投入，歸而大哭。此豈宿生亦嘗讀此詩（李義山〈曲池〉）之故耶？至今思之，尚為惘然。」這實在是一個大矛盾：因蓮通神，而迷於蓮，蓮虛蓮實，寧有已時？太上無情？太上有情？蓮乎，蓮乎，戀乎，憐乎？

——一九六三年七夕

永不凋落

——一九六四年文星版後記

依寫作時間的順序，《蓮的聯想》應該是我的第九卷詩集，也是我最近的詩集。盈手一握，這幾片清香的蓮瓣，大半是前年的夏季，在一汪小小的蓮池裏採來的。夾在如許古典的詩卷之中，它們便永遠不凋落了。這些作品，當時零零星星地發表在報紙的副刊和雜誌上，不能給讀者一個完整的印象。有些刊物，例如「藍星詩頁」，銷數有限，未能遍及一切可能的讀者。現在編綴成集，讀者有了全面的透視，《文星叢刊》編者在「高抬」我的左手之餘，居然肯讓讀者也看看我右手的掌紋，不能不說是一種很奢侈的慷慨了。

我的右掌舒展如蓮，蓮心之中，掌紋之中，看得見多少星象呢？看得見文星嗎？誰知道呢？誰能夠預讀自己身後的文學史呢？這裏，我只想為讀者指出一點——《蓮的聯想》在本質上不是一卷詩集，而是一首詩，一首詩的面面觀，一個**andante cantabile**的主題的諸多變奏。正如一季盛夏，千蓮萬蓮以至於牽連億萬萬蓮，形而上地，只迴漾一朵蓮的清馨。一是至少，一是至多。蓮而有知，想當同意。

前面我曾經提起「古典」一辭。此辭可能會引起一些微辭。不成熟的看法，會認為「古典」是和「現代」截然相反的本質。事實上，有深厚「古典」背景的「現代」，和受過「現代」洗禮的「古典」一樣，往往加倍地繁富而且具有彈性。桑德堡可以說是「沒有古典背景的現代」，艾略特則反是。諾易斯是「未受現代洗禮的古典」，龐德則反是。詩的藝術，往往藉對比而達到浮雕甚至立體的效果。桑德堡式的現代，單調，平坦，外傾，而不耐咀嚼。如果說，詩中出現了幾個古代的專有名詞或者習用句法，就喪失了進入現代的資格，那就是太起碼太現成也太天真的二分法了。以現代音樂為例，一九二〇年以後的歐洲音樂，就表現了很濃厚的「新古典主義」的精神，而有「回到巴哈」的呼聲。可是這並不意味著，「新古典主義」者要亦步亦趨地復古，原封不動地去使用巴哈的對位法。相反地，現代音樂因此變得更不協調而且更曲折入勝了。《蓮的聯想》，無論在文白的相互浮雕上，單軌句法和雙軌句法的對比上，工整的分段和不規則的分行之間的變化上，都是二元的手法。在風格上，它的感情甚且是浪漫的，但是卻約束在古典的清遠和均衡之中。這也許是一種矛盾。調和是愉快的，但是矛盾似乎更美吧。

普洛克菲耶夫解釋自己的「古典交響曲」時曾說，如果海頓和莫札特生在二十世紀，也可能像他那樣處理交響曲。同樣地，我也要說，杜牧和李商隱也可能寫這樣的現代詩，如果他們生活在現代的中國。

——一九六四年五月二十五日

超越時空

——一九六九年大林版序

《蓮的聯想》初版到現在，已經有五年了。在不到五年的時間，這卷詩集在台灣已經銷了六版，在香港也銷完了一版，這種現象，是許多人始料所不及的。（許多人，包括當初的出版人自己）。「現代詩不受歡迎」，是近年來流行於文壇的一大謠言。對於不懂現代文學而又不肯鍛鍊自己的想像力去接受它的一些人，這謠言一直是一種安慰。但是年輕的心靈永遠是開放的，向未來。在台灣，年輕一代英勇創造的現代文學，自然有更年輕的一代加以欣賞，接受，認定。

另一方面，頗有些寫現代詩的朋友，喜歡拿一把「現代主義的標準尺」，來量一切的現代作品。凡不合西方人尺寸的東西，都會使他們皺起眉來，說，「嗯，這恐怕不夠現代吧！」對於趨附現代的新人，這樣一句話是很有點嚇阻作用的。但是對於這樣的皺眉，我一概迎以愉悅的微笑。我堅信，現代詩是沒有標準尺的，任何一種新的美一出現，那把所謂標準尺就不成其為標準了。而天真得抱住一把標準尺不放的，最後恐怕只有尺而沒有作品吧。

《蓮的聯想》出現在現代詩壇，似乎是一彎逆流，因而使不少順流的人士，感到不安。在此，我要再給他們一個愉悅的微笑，說，就是這一彎小小的逆流，使我心安理得地及時拋棄了那把標準尺的。近年來，頗有一些朋友嘉許我終能跳出那一汪蓮池，且奔向敲打樂和雙人床。但是我前進的方向是從不因掌聲而改變的。在這一點上，我和傳說中那位懼內的丈夫是一致的：人多的地方不要去。

再說一次。《蓮的聯想》最高的願望，是超越時空，超越神，物，我的界限。它是愛情的歷史化，神話化，玄學化，蓮化。所謂myth-making原是西方現代文學的一大手法，不過我雅不欲引西方的種種以自壯。相反地，我寧願將《蓮的聯想》塑成一個純東方，純中國的存在。我甚至懷疑：在傳後的可能性上，我近年來的新作能否超過《蓮的聯想》。

那麼，還是讓真正懂得愛，而且真正在愛——東方式的愛——的眾多青年，去投票決定吧。「像〈水湄花〉，〈湖上夜〉一類的作品，正是《蓮的聯想》敲擊在我心底泛出的迴響。」一位才氣不凡的十九歲的詩人，在給我的信中這樣說。我願意在此地將《蓮的聯想》獻給他，也獻給過去，現在，未來，所有的情人。

——一九六九年五月廿九日

夏是永恆

——一九八〇年時報版序

夏天是永恆的季節，尤其是在那不朽的島上，長相思的城裏。尤其是十五年前那一個夏天，那時，寫這些詩句的，還是一位年輕的講師，愛情羞澀，綺思無窮，鬢角猶青青。畢竟是純教書，一放暑假，嘶蟬鳴蛙，午後雨的音樂，月光的故事，緩如爬藤的時間，美好的一切一切，都歸我所有了。涼風搖翠的樹影下，一整個芬芳的上午，從從容容，吐絲一般把纖纖心思傾吐在三聯句折來疊去的韻裏，真有那樣的不迫。一整個燒霞的黃昏，被一首歌所追逐，不得休息，那旋律打在心上，又像是安慰，又像是難忍。一整個出神的夏天，被一朵清艷的蓮影所祟，欲掙無力。蓮為白謎，蓮為紅謎，我為蓮迷。在古典悠悠的清芬裏，我是一隻低迴的蜻蜓。

「月光一生只浪漫一次」，蓮池外，世界又何其遼闊而無常。蜻蜓飛出了蓮池，飛進了風險雲惡無遮無攔的氣候，早已磨練成一隻老鷹，磋不盡一身硬骨，再無柔腸。正如周邦彥所言，秋藕絕來，更無續處，卻十五年後，此心與種種蓮的聯想，仍似有一絲相牽，細而不斷。樓高月小，雖然台北是變了，情人老了，但觀音永臥，淡水長流，圓通寺的尖塔，廈門街的小巷，和萬劫千輪永不寂寞的蓮的形象，仍能為這些聯想作證。

十五年來，多少心靈曾經與這些聯想印證。江萌、楊晉、吳宏一、馮雲濤諸位先生曾經為這些聯想詮釋。汪其楣朗誦〈訣〉而得獎。楊弦把〈迴旋曲〉譜成哀麗的音樂。朱洪把〈等你，在雨中〉譯成雅潔的英文。德國之聲中文部主任杜納德（Andreas Donath）把全書都譯成了德文，一九七一年由Horst Erdmann Verlag在Tubingen出版，德文本書名為Lotos-

Assoziationen: Moderne Chinesische Liebesgedichte。對這些牽曳藕絲的朋友，我都衷心感激。

十六年前，此書由文星書店出版。不久文星歇業，此書乃流落江湖，任人作賤，以致面目全非，靈秀無存，每次睹及，輒令人鼻酸。現在正式交由時報出版公司重出新版，總算絲連藕續，失而復得，死而更甦，也真是一番小小的輪迴了。

常有年輕多情的讀者相詢，問這些聯想是真是假。當然是假的，因為風裏的傳說雨裏的典故無一非假。也當然是真的，因為沒有什麼比蓮的傳說和典故更為認真。

——一九八〇年仲夏於香港

蓮的聯想

六角亭

古典留我，偶然的小憩竟成雋永
紅柱支我，黃蓋覆我
舉睫推開六方的風景

秋很浩闊，從新剃的頰邊開始
海藍得可以沾來寫詩
每一陣開胃的鹹風過時

你的名字便搖落在草上
你的名字有兩個音節
叮叮然落在地上

亭立著，亭立亭亭
對著山徑的蜿蜒，蜿蜒著一個預言
不兌現你的足音

雲等得不耐煩，都散了
雖然你的裙更華麗，比孔雀夫人
並瞬著我的一百隻眼睛

——民國五十年八月一日　於淡水

蓮池邊

雨珠從樹上垂直地滴落
我髮上的十月是潮濕的
無風的空中懸著蛛網，懸著光
好幾克拉的光

此地很安全，市聲彌留著
這種健忘症是幸福的

雀何為而喃喃，像是為靜
為靜打著拍子

醒著復寐著的，是一池紅蓮
一池複瓣的美
而十月的霏微竟淋不熄
自水底昇起的燭焰

人面與蓮面面面地相對
我再度墜入，墜入
墜入羞怯得非常古典的愛情
隔著兩扇眼睛

互窺靈魂如何絕食，如何自焚
隔著垂簾的睫
想像，我們的愛情多麼東方
多麼古老，多麼年輕

——十月廿六

蓮的聯想

已經進入中年，還如此迷信
　迷信著美
對此蓮池，我欲下跪
想起愛情已死了很久
　想起愛情
最初的煩惱，最後的玩具

想起西方，水仙也渴斃了
　拜倫的墳上
為一隻死蟬，鴉在爭吵

戰爭不因漢明威不在而停止
　仍有人歡喜
在這種火光中來寫日記

虛無成為流行的癌症
　當黃昏來襲
許多靈魂便告別肉體

我的，卻拒絕遠行，我願在此

伴每一朵蓮
守小千世界，守住神祕
是以東方甚遠，東方甚近
心中有神
則蓮合為座，蓮疊如台
諾，葉何田田，蓮何翩翩
你可能想像
美在其中，神在其上
我在其側，我在其間，我是蜻蜓
風中有塵

有火藥味。需要拭淚，我的眼睛

——十一月十日

等你，在雨中

等你，在雨中，在造虹的雨中
　蟬聲沉落，蛙聲昇起
一池的紅蓮如紅焰，在雨中

你來不來都一樣，竟感覺
　每朵蓮都像你
尤其隔著黃昏，隔著這樣的細雨

永恆，剎那，剎那，永恆
　等你，在時間之外
在時間之內，等你，在剎那，在永恆

如果你的手在我的手裏，此刻
　如果你的清芬
在我的鼻孔，我會說，小情人

諾，這隻手應該採蓮，在吳宮
　這隻手應該
搖一柄桂槳，在木蘭舟中

一顆星懸在科學館的飛簷

耳墜子一般地懸著
瑞士錶說都七點了。　忽然你走來
步雨後的紅蓮，翩翩，你走來
　像一首小令
從一則愛情的典故裏你走來
從姜白石的詞裏，有韻地，你走來

——民國五十一年五月廿七夜

滿月下

——「不堪盈手贈，還寢夢佳期」變奏

在沒有雀斑的滿月下
一池的蓮花睡著
蛙聲嚷得暑意更濃
這是最悅耳的聒噪

坐池邊的石凳，想起
這時你也該睡了

想起你的長睫該正縫起
縫起一串夢寐——

夢見你來赴我的約會
來分這白石的沁涼
或者化為一隻蜻蜓
憩在一角荷葉上

吸一口露水，掬一捧月光
或者讓我攬你的腰
攬你古典的窈窕
恰使楚王妒嫉的那樣

楚王？楚王？巡夜的螢
說夜深了，說霧
自池面升起空濛
多纖維的月色有點蓬鬆

那就折一張闊些的荷葉
包一片月光回去
回去夾在唐詩裏
扁扁地，像壓過的相思

——六月十三日

那天下午

說你愛逃學，生病，和蕭邦
說你有一次涉過
杜布西淺淺而冷的月光
說你也生病。多美麗的細菌
該傳染一點給我
藉一個，錯誤的，吻

看你的唇，看你的眼睛
　把下午看成永恆
你的眸中有美底定義

看到一些海市的倒影
　我的，和雲的倒影
我只是今夏過境的雲

看你的睫多長——織一張情網
　撒到夢中，撒到海上
那將是最動人的一種漁業

而我將是一尾最傷心的魚

在海邊哭，在夢外哭
哭出許多鮫人，許多串珍珠

——六月廿二日

觀音山

觀音仰臥成觀音山，在對岸
　雲裏看過，雨裏看過
隔一彎淺淺的淡水，看過

今夏我看的次數更加多
　因你在山腳，你在對岸
風景為你而美，雲為你舒展

曾立在江邊幻想，幻想在風中
　你凌波而來，踏葦而來
幻想我涉江去採藥，採芙蓉

採之欲遺誰？你和菩薩同在
　和慈悲同在，和美同在
而淡水流著，我留在塵埃

這該是莫可奈何的距離
　你在眼中，你在夢中
你是飄渺的觀音，在空中

最耐看該是隔岸，不是登山

舉目是山，回頭是岸
我是商隱，不是靈均，行吟澤畔

——六月廿四日　於淡水

劫

以為攀一根髮可以逃出煉獄
　以為用一根情絲
可以繫雲，繫月，把一切繫住
有一隻鷓鴣在你的瞳中唱著
　咏嘆調一樣地唱著
揭開濃睫，悲劇正在高潮

如果一滴恨墜下來，一滴空明
　靈魂會不會減輕？
海會不會加鹹，星，會不會殉情？
淚滴在地上，把春天灼傷，成灰
　一株毋忘我的幽靈
將在此地作祟，在此地作祟
斷無消息，石榴紅得要死
　你的睫上下對剪
剪許多消息，許多美麗的分屍
集我的期待於一個焦點

可以焚你的髮
焚所有郵局，於你的石榴裙下
那該是最壯烈的一場火葬
燒死你，燒死我
燒死陽燧和秦始皇

——六月廿八夜

凝望

——眼是第一個圓圈　它所形成的地平線是第二個
宇宙是第三個

在彼此的眸中找尋自己
比特麗絲啊，我的窗朝南
我的方向是燕子的方向
焚一叢不熄的榴火，太陽
我的方向是贊美的方向
　我的窗朝南
你的窗朝北，比特麗絲啊

你的方向是戍卒的方向
是旗的方向，鷹的方向
用瞭望台的遠鏡，你眺我
用歌劇的遠鏡，我眺你
我們凝神，向相反的方向

眼與眼可以約會，靈魂與靈魂
可以作隔岸觀，觀火生火滅
觀霧起霧散，雨落雨霽
看淚後有一條安慰的虹
渡我向你，渡你向我
把永恆剪成繽紛的七夕
比特麗絲啊，向我凝望

垂你的青睞，如垂下
千級天梯，接我越獄，接我攀登
當你望我，靈魂熊熊自焚
我的血為你而紅
我的髮為你而青
比特麗絲啊，向我凝望

我的髮為你而白
比特麗絲，比特麗絲啊

——七月四日夜

註：比特麗絲（Beatrice Portinari, 1266-1290），佛羅倫斯一貴族女孩，後適Simone de Bardi，一生僅見但丁兩面，竟成「新生」與「神曲」的靈感。Beatrice應讀比阿垂絲，意大利原文應讀貝阿垂且。

碧潭

——載不動　許多愁

十六柄桂槳敲碎青琉璃
幾則羅曼史躲在陽傘下
我的，沒帶來，我的羅曼史
在河的下游

如果碧潭再玻璃些
就可以照我憂傷的側影

如果舴艋舟再舴艋些
我的憂傷就滅頂

八點半。　吊橋還未醒
暑假剛開始，夏正年輕
大二女生的笑聲，在水上飛
飛來蜻蜓，飛去蜻蜓

飛來你。　如果你棲在我船尾
這小舟該多輕
這雙槳該憶起
誰是西施，誰是范蠡

那就划去太湖，划去洞庭
聽唐朝的猿啼
划去潺潺的天河
看你濯髮，在神話裏

就覆舟，也是美麗的交通失事了
你在彼岸織你的錦
我在此岸弄我的笛
從上個七夕，到下個七夕

——七月十日

音樂會

所有的白鍵剛剛哭過
一隻黑鍵
委屈在一隅幽幽地泣著
黑鍵哭得很玄
白鍵哭得很哀怨
那女孩，還不來
白鍵白鍵黑鍵啊白鍵

那女孩，還不來

窗外有沒有下雨？ 窗外
無雨。 長長的街道斟滿了月光
音樂如雨，音樂雨下著
聽眾在雨中坐著，許多濕透的靈魂
快樂或不快樂地坐著，沒有人張傘
（還不來，那女孩
還不來啊還不來！）
黑鍵黑鍵白鍵啊黑鍵

那女孩啊那女孩
音樂雨流過我的髮，我的額際

音樂雨流來，涼涼地，音樂雨
流去。　音樂雨啊音樂雨
音樂漱過鋼琴的白齒
（白齒白齒啊白齒）
蕭邦啊蕭邦，蕭邦猶不忘
（黑鍵黑鍵啊黑鍵）
忘不了啊喬治桑啊喬治桑
蕭邦死在上一個世紀
（那女孩啊那女孩）
我的愛情死，在今夕

還有誰還等著，在雨季
還呼吸釀著雨水的空氣

還忍受時間悲哀的統治
只有音樂還下著
為何音樂還下著啊，時而
淋漓，時而淒迷
淅瀝淅瀝屋簷啊屋簷
睫毛啊睫毛，淅瀝啊淅瀝
掌聲濺起，音符下降
翅膀，翅膀，花瓣啊花瓣
沉澱的沉澱，飛揚的飛揚
（我的愛情死
　　　　在今夕）
步出廳堂，涉深可沒踝的音符

涉不知傷不傷心的月光
如歌的慢板慢慢流著
（那女孩啊那女孩）
我該仰泳，還是俯泳著回去
該爵士些，還是該騎士些
為愛情流淚，是美麗還是愚蠢
（樹影啊樹影）
愛情該古典，還是該浪漫，愛情
握一張末撕角的音樂票
茫然，不知該撕成繽紛的往事
任月光漂去街的下游，或是
夾在海盜版的莎劇裏
（Love's Labour's Lost）

愛情該記憶，還是該遺忘，愛情
（月光樹影月光啊樹影）

——七月二十日

啊太真

輪迴在蓮花的清芬裏
　超時空地想你
渾然不覺蛙已寂，星已低低

想你，遺軀殼於長椅背上
　看雙螢幽幽飛來
猶似昔日的宮女，來自未央

我在不在此呢，你在不在此
　如果我們已相愛
那是自今夏開始，自天寶開始？

有一件事，比華清池還深
　比劍閣還長
不能用白髮，用白髮來衡量

有一個字，長生殿裏說過
　向一隻玲瓏的耳朵
就在那年，那年的七夕

千年後，向你啊向你複說

鳳凰死了兩次
今夕何幸，永恆在我們的掌握
如果你是那朵蓮，太真，讓我做
那朵，在水中央
相對而望，忘記那次戰爭，忘記死亡
（忘記斜谷的雨季，棧道的鈴）
惟仲夏的驟雨可飲，月光可餐
覆蛙於葉下
承蜻蜓於葉上，維持一池的禪

就這樣想你，恍對著科學館
　唐朝，今夕，唐朝
經驗瞬息的輪迴，在蓮花池畔
（碧落，黃泉，人間，碧落）
想你啊真真，想如果你真真愛過
　遲早你會記起
長生殿，那年，那年的我，和你

——七月廿三日

月光曲

——杜布西的鋼琴曲*Claire de Lune*

廈門街的小巷纖細而長
用這樣乾淨的麥管吸月光
涼涼的月光，有點薄荷味的
月光。　在池底，湖底

水藻和萍錢絆不住你的
揮一揮手就拂掉了

走出樹影，走入太陰
走入一陣湍湍的琴音

誰的指隙瀉出的寒瀨？
誰用十根觸鬚在虐待
精緻而早熟的，鋼琴的靈魂？
弄琴人在想些什麼？

杜布西在想些什麼？　究竟
在想些什麼啊，那囁嚅的杜布西
當月光仰泳在塞納河上？
當指尖落在鍵齒上

她在想些什麼？——想這是
想這是最後的一個暑假
月光一生只浪漫一次
只陪你赴一次情人的約會

然後便禁閉在古典詩裏
去裝飾維洛那的陽台，仲夏夜
之夢，張九齡的憂悒
她可是在想，在想這些？

攀蔦蘿的圍牆裏，那寒瀨
寒瀨的旋律可是在想這些？
我站在古代，還是現代？ 究竟

我是誰，誰在想這些？

——七月廿六日晨

下次的約會

——臨別殷勤重寄詞　詞中有誓兩心知

當我死時，你的名字，如最後一瓣花
自我的唇上飄落。　你的手指
是一串鑰匙，玲玲瓏瓏
握在我手中，讓我開啟
讓我豁然開啟，哪一扇門？
握你的手而死是幸運的

聽你說，你仍愛我，聽你說
鳳凰死後還有鳳凰
春天死後還有春天，但至少
有一個五月曾屬於我們

每一根白髮仍為你顫抖，每一根瀟騷
都記得舊時候，記得
你踩過的地方綻幾朵紅蓮
你立的地方噴一株水仙
你立在風中，裙也翩翩，髮也翩翩
覆你的耳朵於我的胸膛
聽我的心說，它倦了，倦了

它已經逾齡，為甄甄啊甄甄
它跳得太強烈，跳得太頻
愛情給它太重的負荷，愛情

愛情的一端在此，另一端
在原始。　上次約會在藍田
再上次，在洛水之濱
在洪荒，在滄海，在星雲的甕甕
在記憶啊記憶之外，另一端愛情

下次的約會在何處，在何處？
你說呢，你說，我依你
（你可相信輪迴，你可相信？）

死亡的黑袖擋住，我看不清楚，可是
嗯，我聽見了，我一定去

——八月三日晨

茫

萬籟沉沉，這是身後，還是生前？
我握的是無限，是你的手？
何以竟夕雲影茫茫，清輝欲斂？
這是仲夏，星在天河擱淺

你沒有姓名，今夕，我沒有姓名
時間在遠方虛幻地流著

你在我掌中，你在我瞳中
任螢飛，任蛙鳴，任夜向西傾

有時光年短不盈寸，神話俯身
伸手可以摘一籮傳奇
有時神很仁慈，例如今夕
星牽一張髮網，覆在你額上

天河如路，路如天河
上游茫茫，下游茫茫，渡口以下，渡口以上
兩皆茫茫。 我已經忘記
從何處我們來，向何處我們去

向你的美目問路，那裏也是
也是茫茫。　我遂輕喟：
此地已是永恆，一切的終點
此地沒有，也不需要方向

從天琴到天罡，一切奇幻的光
都霎眼示意，噫，何其詭祕
一時子夜斜向我們，斜一道雲梯
我們攜手同登，棄時間如遺

——八月九日

幻

坐蓮池畔，怔怔看蓮，也讓蓮看
　直到蓮也嫵媚
人也嫵媚，捫心也有香紅千瓣
甄甄，死後如果你化為蓮
　則芙蕖千朵
我怎能識破前生的紅顏

惟有求佛，賜我四翼，六足
　讓我蘸水而飛
問每一朵芬芳，它曾是誰

想田田之間，有一枝特別可憐
　想她紅暈會加豔
當我駐複足未定，欲飛還停
則我將拭晶亮的水珠，為這朵
　如我們上次別時
為甄甄頰上拭去的一顆
苦海有岸，慈悲無邊，釋迦牟尼

對於一隻蜻蜓
夏即永恆，蓮池即另一天地

一切愛情故事，只是一個故事
一切愛情都是死結
生，不能解決，死，不能解脫

惟我們的死結啊，甄甄，結得最死
千手觀音也解不開
這該怪結得太好，結得太壞？

想前身你是採蓮人，在吳宮採蓮
（竟未覺你走來

來赴我約會，在科學館前）

驚這是八月，星在天上，人在人間
只是甄甄，你來遲了
七夕已過，中秋未至，夏正可憐

——八月十日

中元夜

——上窮碧落下黃泉　兩處茫茫皆不見

月是情人和鬼的魂魄，月色冰冰
燃一盞青焰的長明燈
中元夜，鬼也醒著，人也醒著
人在橋上怔怔地出神

伸冷冷的白臂，橋欄欄我
欄我撈李白的月亮

月光是幻，水中月是幻中幻，何況
今夕的中元，人和鬼一樣可憐

可憐，可憐七夕是碧落的神話
落在人間。 中秋是人間的希望
寄在碧落。 而中元
中元屬於黃泉，另一度空間

如果你玄衣飄飄上橋來，如果
你哭，在奈何橋上你哭
如果你笑，在鵲橋上你笑
我們是鬼故事，還是神話的主角？

終是太陰浸侵，幽光柔若無稜
飄過來雲，飄過去雲
恰似青煙繚繞著佛燈
橋下燐燐，橋上燐燐，我的眸想亦燐燐

月是盜夢的怪精，今夕，回不回去？
彼岸魂擠，此岸魂擠
回去的路上魂魄在遊行
而水，在橋下流著，淚，在橋上流

——八月十五　中元次夕

遺

揮臂劃開弧形的風景，夏何青青
夏在足下，秋在肘彎
風聲潺潺，流過我的髮際
稻香中，走入蟬裏，走入禪裏

遺忘是不是靈魂的透明，觀世音？
血不再海嘯，為你，心不再陸沉

心中無你，血中無你
飛出情網，塵網，飛來這裏

拔海千尺以上，有沒有悲劇？
煩惱如風，自髮端滑落
鐘音如雲，自空中升起
在空中消滅，啊，鐘音如雲

大哉如來！山舉起寺，寺舉起塔
塔在空中玩雲
雲去，雲回，而塔巍巍，而山巍巍
山在如來的座底，如來的掌心

甄甄，我也倦了，倦於愛情
我倦如雲，我臥如雲
我欲臥如來的掌上，在大颱風以上
在地震以上，戰爭以上，我臥如雲

在時間以上。　自釋迦的廿六世紀
睡到那邊的觀音山不像觀音
睡到觀音也老，甄甄也老
一愡小寐解決小小的煩惱

——八月十八日

註：寺指圓通寺。「那邊的觀音山」，指圓通寺可以遠眺觀音山。「釋迦的廿六世紀」，指釋迦牟尼誕生二五二五年。

握

握你靈魂的尖端，纖纖有五瓣
如果手會說話，掌心和掌心
正在耳語，說你的心
是水晶宮，住著愛情
如果手，手的支流會說話

握住這一刹那，握住永恆

永恆有多長？盤古的蒼髯
可以繞混沌幾轉？　今晚啊今晚
今晚只知永恆有多短，多玲瓏
多麼柔順地蜷在我掌中

任夏季流去，任世紀和世紀流去
琤琤流過我們的指隙，今晚
靈魂和靈魂比翼而飛昇
十指交纏，連理的枝莖何闌干
蓮都睡著，星都醒著，我們在醒睡之間

仍握你的手，握受驚的小禽
太緊，怕窒息，太鬆

怕它會張翅縱去，留一握悲愴
在我掌中，怕一掌的血
溫不熱瀰天漫地，瀰天漫地的淒涼

如果天使們被集體屠殺，如果流星雨
下個不停，有沒有人會流淚？
如果重重捶打深閉的九閽
有沒有神會應門？　有誰呢
有誰能掌握龍捲風和命運？

有誰能改寫掌紋，或是天文？　有誰能
改寫掌紋不改寫天文？

今晚，你在我掌中，我在你掌中

且任河水向北流，河漢向西傾
握永恆於一瞬，啊，將一瞬握成永恆

——八月廿二日

訣

何時將你的石榴裙，像孔雀揮扇
在芳草地上，旋開華麗
讓我將午夢繡在你裙邊，枕著
圖案，枕著情人的懶散
（那是哪年，哪年的花季？）

陽傘下，持傘人的美令我猶豫

柔睫閃動，落下多少青睞
多少青睞，在我仰望的額際
則我該朗吟莎髯的商籟，還是
還是小杜的絕句？

（那是哪年，哪年的花季
我仰臥在春天的哪一片草地？）
只是雨濺在你的，我的髮上，此刻
你持的是雨傘，我衣著雨衣
你的手何冰冰，藏在我袋裏

明年的情人節，下不下雨，明年？
誰知道呢？　誰知道

去年的情人節有沒有下雨？
誰記得當時誰哭得最潮濕？
下一次情人節，誰是你情人？

怎麼繫的，就怎麼解，你說
但被繫的是我們，繫的是神，一端
在這裏，另一端失落在永恆
雖淬離別如刃，能不能將它斬斷？
情絲很細，但不太柔軟

夏季隨颱風飄去，秋季隨雨
惟遺恨皚皚屹立
遺恨如山，千臂的愚公也不能搖撼

黃泉迢迢，紅塵擾擾
碧落在兩者之上，無動於衷地崇高

抓一把灰燼，每一撮灰裏有我的絕望
每一滴淚裏有你的背影
霧起時，你步向茫茫，我步向茫茫
相思如光年般細長。　再回頭
再回頭啊是旱海，是化石，是濛濛的白瘴

每一次愛情的結局是別離
每一次別離都始自相遇
雲只開一個晴日，虹只駕一個黃昏
蓮只紅一個夏季，為你

當夏季死時，所有的蓮都殉情
夏已瀕死，甄甄，這是最後的一次
一次陣雨，在你的傘上敲奏淒愴
哪一扇窗，明晨，哪一扇窗
你在哪扇多風的窗口，用小而且冷的手
梳那麼長那麼長黑色的憂愁？

——八月廿七日

永遠，我等

如果早晨聽見你傾吐，最美的
那動詞，如果當晚就死去
我又何懼？ 當我愛時
必愛得淒楚，若不能愛得華麗

你的美無端地將我劈傷，今夏
只要伸臂，便有奇蹟降落

在攤開的手掌，便有你降落
在我的掌心，蓮的掌心

例如夏末的黃昏，面對滿池清芬
面對靜靜自燃的靈魂
究竟哪一朵，哪一朵會答應我
如果呼你的小名？

只要池中還有，只要夏日還有
一瓣紅豔，又何必和你見面？
蓮是甄甄的小名，蓮即甄甄
一念甄甄，見蓮即見人

只要心中還有，只要夢中還有
還有一瓣清馨，即夏已彌留
即滿地殘梗，即滿天殘星，不死的
仍是蓮的靈魂

永遠，我等你分唇，啟齒，吐那動詞
凡愛過的，永不遺忘。　凡受過傷的
永遠有創傷。　我的傷痕
紅得驚心，烙蓮花形

——八月三十日

兩　棲

——*For, lady, you deserve this state;*
Nor would I love at lower rate.

任大鴉的黑靈魂飛返希臘，艾德嘉
西方有一枝病水仙，東方
有一枝蓮。　今夏，我歸自希臘，歸蓮池邊
因蓮中有你，池中有蓮

古典東方美的焦點，你的眼
當美目盼兮，青睞粲兮，你的眼

你的眼牽動多少柔麗的光。　星移
海換，領我回東方

一隻蜻蜓飛來，蓮池深遂如海
驟雨初停，蛙聲起自碎萍
這裏是我的愛琴海，是愛情海
如一隻蜻蜓，我飛來

植你於水中央，甄甄，你便是睡蓮
移你於岸上，蓮啊，你便醒為甄甄
你是宓宓，你是甄甄，你入水為神，你出水為人
兩棲的是你的靈魂

合一切蓮花為一朵蓮花，分一朵蓮花
為無數的紅豔，臨風，臨鏡
一千與一，一與一千
你哭時，一切悲劇都泫然

風起時，四翼天使欲飛去，你的裙
你的裙翼然，欲飛去
遂見蓮蓮飄舉，盪起滿池芬芳
你上風而立，舉國皆香

則我應隨你飛去，攜手以蹁躚？
我是岸上人，是池上蜻蜓？
（莊周——蝴蝶——莊周）

荷葉如盤，盛的是魏宮，是現代的夏天？

——九月五日

註：艾德嘉為愛倫坡（Edgar Allan Poe）之名。欲解此詩，宜先誦愛倫坡短詩 *To Helen*。

第七度

今年的暑假比漢朝更渺茫。　我們
第七度進入永恆
月光中充滿了你，竟夕，我狐疑，我狐疑
你謫自哪個朝代？　究竟你是
哪個傳說中的女孩

讓瞳中充滿你，讓耳中充滿你

讓掌中充滿你，甄甄
你的手冰涼而小，猶自握著
握著洛水的寒意，甄甄，我們分手
才一星期，或十七個世紀

一隻掌握的是絕望，兩隻掌便將
便將永恆捕住

呼永恆，來，揮永恆，去
月在江南，月在漠北，月在太白
的杯底。　現代浸在古代的月裏

月是情人的太陽，鋁青的光下
你的美奧祕而陌生，撒一張薄網

網住我，網住被蠱的風景
你的笑沒有謎底
月是黃泉的太陽，月是巫星

我是不是我？ 你呢，甄甄，你是不是你？
為何你誘我來此？ 這裏
是現代的邊境，什麼也沒有，除了月光
沙岸上，橫著風後的遺跡
老樹斷臂，只攫住一些猙獰

千年後，我們的愛情，淒厲而冷
亦將風化為多孔的怪石
豹立在月光下，在荒海濱，在考古家

白髮的夢裏。　將有一隻手拾起你的淚
說，好奇異的卵石

愛情是一種輪迴的病，生了又生
情人哭，情人死，情人離別
不死的是愛情，頑固而可憫
惟時間瀉去，瀉過石縫
雕一些洞，鑿一些海嘯和龍捲風

甄甄啊真真啊，心臟病的西子啊
牽我的手，你要去何處？　夜已深深
鋁青色將一切漬浸
古代隔煙，未來隔霧，現代

狹窄的現代能不能收容我們？

——九月十日

醒

到秋季，你的手便分外地蒼白而細
如最後一朵蓮，縱有千指
再也握不住上一個夏天
日落時，你森森的睫影更深
即使無淚，也黑晶晶

約會無定期，且隔得更稀啊更稀

風起夕，任你將窗閉起，將睫閉起
亦無法將回憶閉起
星朦朦朧朧，夢零零星星
醒著，你的靈魂，在起風的夜裏

夏是約會的旺季，整個暑期
你泳過多少浬的月光？
秋季多風，把相思吹乾，吹鬆，在晴空航行
相思起兮如雲，如雲般伸展，如雲般輕
如你般輕，相思降兮如雲

這是海盜版的莎翁，這是丹麥的王子
（教授說，秋天不教仲夏夜之夢）

他猶在問自己：To be, or not to be?
怎麼他不問：你寂寞不寂寞？　讓我
陪你上課，陪你回家去

歸途上，樹葉和樹葉爭論著風向
路伸著長長的臂膀，瘦瘦的臂膀
朝遠方。　當天狼迎風而吠
所有的燭光在天上亮起
你吹熄地上的一枝，喃喃，問自己——

怎麼星象永遠這樣詭譎如謎？
你的眼睛啊——光年啊——我的眼睛
怎麼秋天的信都有點像遺書，秋天的夜

都像永恆靜止的倒影？
醒時常做夢，夢時常醒

——九月廿九夜

情人的血特別紅

情人的血特別紅，可以染冰島成玫瑰
情人的眼中倒映著情人，情人的眼
因過度仰望而變藍，因無盡止的流淚
而更鹹，而更鹹，比死海更鹹

盲目而且敏感，如蝙蝠，情人全是
無救的夢遊症患者，情人的世界

是狂人的世界，幽靈的世界
忙碌而且悠閒。　情人的時間
是永恆的碎片。　情人的思念
是紫外線，灼熱而看不見
情人的心驕傲而可憐，能舉起
教堂的塔尖，但不容一寸懷疑

情人把不朽戴在指上，把愛情的光圈
戴在髮上。　情人多疑，情人疑情人
疑太陽不是光，疑海不是鹽
疑燧石和舍利子，但絕對迷信愛情

比活火山更強烈，比墳墓更深
愛情的磁場推到末日的邊疆
情人的睫毛從不閉上，即使
在夢中，在死亡的齒縫，除了接吻——

靈魂與靈魂最短的距離
當唇與唇互烙發光的標記
除了那一瞬，小規模的永恆
情人的睫毛，你的睫毛不閉上

情人的血特別紅，特別紅，特別紅
當情人和情人（當你和我）氧化成風

——十月一日

遙

你是今夏遺孤的最後一朵蓮
綻在我身邊，即無風，也恁地楚楚
楚楚可憐。　看紅塵沉澱，淒白的霧
升起，自我們腳下升起

奈何秋色四面，我們的夏季已死
所有的蓮族已殉葬，除了甄甄。　天上

只有不死的神話，地下
只有你，只有我，更無其他

更無其他。　唯一能把握的是你的手掌
是我的手掌，微汗，而且發燙
此外，一切皆茫茫，後有歷史，前有預言
上有命運。　任掌心吻著掌心

何其悲涼的宇宙啊，何其遙遠
的傳說！　仰起你的臉，甄甄
唯愛情不熄，唯星座不熄，唯你的眼睛
燦燦不熄。　百年有三萬六千夕

惟今夕不朽。　牽蛛網的霧中
天罡閃動，天狼閃動，一切光族
在網上掙扎，隱隱，你可聞星際有謠言
說我們已經，已經在戀愛？

我們已戀愛，我們已戀愛，甄甄
這是地上的新聞，天上的
蒼老的故事，說我們已戀愛，在魏宮，在漢代
在鳳凰台，在灩澦堆

在更遙更遙的古代。　那時盤古尚未醒來
尚未睡去。　霧更濃，星更稀，你的睫影
翳然欲闔攏。　秋更深，夜更深

我臂上的睡蓮睡意何深深

——十一月三日夜

燭光中

——生年不滿百　常懷千歲憂
晝短苦夜長　何不秉燭遊

在柔紅的燭光中看你，將須與
串成異日的回憶。　夜舉起我們
向星際，向神的面具。　而腳下
市聲已退潮，現代死去

現代和古典猶未定邊疆，此地很空曠
燦爛的宿命論懸在窗外

聽，悲哀多靜，靜得多悲哀
燭沒有明晨，只有現在

我們也只有，只有現在。　燭光的紅霧
將時間向四面推開
我們的愛情在霧中，你的臉
盛開著蓮，在霧中，在霧中浮動

但此刻已是秋天，一切瓜熟在夢中
惟星際醒著咳嗽的天使，人間
醒著我，醒著你，
睫影雖密，遮不住你的美目

一枝短燭，自晚唐泣到現代
仍泣著，因小杜的那次戀愛
因此刻我也陷在
情網上，塵網上，一隻仲夏的蜻蜓

甄甄啊，看蠟炬成灰，不久
我們亦成灰。　今夕的約會
沒有誰記得，除了玻璃之外
光年之外的更夫，除了這燭台

愛情究竟戴不戴戒指？
一枝短燭哭不哭得亮深邃的歷史？
一對頑固的情人相愛，在意大利

在洛水波心，在華山巔，在此地，在永恆

——十一月六日黃昏

昇

幽影遲遲，空靈恆如是，靜恆如是
不昇亦不沉，複眼的夜恆如是
恆是下界酣睡，上界清醒
秋在下面，上面是永恆

最美的青輝燭照最荒涼的城
我們是兩株史前的植物

寒芒下，十指交鎖
成千年不解的亂藤

空中有風，風中隱隱
有鐘聲，自無處來，向無處去。　無始
無終。　背風而立，鐘聲湧起
如潮生遠海，如回憶。　鐘聲沉寂

傾我的靈魂入你的靈魂，回憶
會不會加深？　注你的血液
入我的血液，可能焚化這淒清？
可能火鳳凰成灰，火蓮成燼？

如果鐘聲不止，我們僵立在此
風更冷，夜更深，洪荒將更老
更高，一種稀金屬的衝動
將掖我們以飛昇

嶙峋伴著嶙峋，向神
向神的設計，不可解而美麗
頓悟我們是復活的隕石
向膨脹中的永恆，我們飛昇

向懸著太初的抽象構圖
昇
你的靈魂

我的靈魂

——十一月十三夜

迴旋曲

琴聲疎疎，注不盈清冷的下午
雨中，我向你游泳
我是垂死的泳者，曳著長髮
　向你游泳

音樂斷時，悲鬱不斷如藕絲
立你在雨中，立你在波上

倒影翩翩，成一朵白蓮
　在水中央

在水中央，在水中央，我是負傷
的泳者，只為採一朵蓮
一朵蓮影，泅一整個夏天
　仍在池上

仍漾漾，仍漾漾，仍藻間流浪
仍夢見採蓮，最美的一朵
最遠的一朵，莫可奈何
　你是那蓮

你是那蓮，仍立在雨裏，仍立在霧裏
仍是恁近，恁遠，奇幻的蓮
仍展著去年仲夏的白豔
　我已溺斃

我已溺斃，我已溺斃，我已忘記
自己是水鬼，忘記你
是一朵水神，這只是秋
　蓮已凋盡

——民國五十二年一月十二日

迷津

——*La belle dame sans merci*
Hath thee in thrall!

我是去夏一夢的遺跡，霧季來時
便失落在此。　這白茫茫
無感，無覺，羅織成一面
有毒的厲瘴。　當靈魂絕食如絕望
我坐在幻的中央

萬有皆無。　我坐在女媧的石上

曾幻想，這五色的繽繽與紛紛
可以補天，可以填海
曾幻想焚心的烈焰，可以煉
煉頑固的洪荒

曾天傾，曾海嘯，曾石隕如雨
一萬個夏季已經死去
霧季下垂，為一切殘缺
曳一層多仁慈啊的面紗，淡時
如小寐，濃時，如死

去夏已死，去夏的月光
是已經潑翻的牛奶，在地上

將去夏的南風，風中的蓮塘
將月下的蓮房，房中的祕密
浸在變酸的牛奶裏

蓮已死盡，則佛坐在何處？
仁慈坐在何處？　我坐在
何處？　我欲航向彼岸，而四顧
無一筏蓮葉在望，迷津茫茫
誰引我遠渡，引我遠渡？

蓮生，蓮死，蓮葬。　看一縷餘香
冉冉昇起，蓮的幽靈
冉冉昇起，自寒冽的波上

啊，這淒涼！該屬於
洛水，屬於瀟，屬於湘？

你死後該出水，翩翩，成水仙
我死後？我死後應入水
漂漂成水鬼，成冰膚的鮫人
你在水上，那時，我在水下
那時你記不記得，去夏？

——三月十六日

特載

論三聯句

——關於余光中的《蓮的聯想》

熊秉明

一

詩人是很能意識到自己的道路的，對於自己的企圖以及這企圖達到怎樣的成功也看得清楚，尤其說得明白。他對自己的詩的詮釋，像一個作為旁觀者的文藝評論家那樣，同情復客觀，中肯而明晰，不容別人再有置喙的可能。

他在後記裏說：「有深厚『古典』背景的『現代』，和受過『現代』

洗禮的『古典』一樣，往往加倍地繁富而具有彈性。」又說：「《蓮的聯想》』，無論在文白的相互浮雕上，單軌句法和雙軌句法的對比上，工整的分段和不規則的分行之間的變化上，都是二元的手法。在風格上，它的感情甚且是浪漫的，但是卻約束在古典的清遠和均衡之中。」

明白得很：他要把古典和現代交融起來，當然亦意味著把東方與西方交融起來——這是形式方面的。（當然也涉及內容，但特別是形式方面的。）

在代序裏他說：「我的蓮希望能做到神、人、物三位一體的『三棲性』。它，她，祂。由物蛻變為人，由人羽化為神，而神固在蓮上，人固在蓮中，一念精誠，得入三境。美之至，情之至，悟之至，只是一片空茫罷了。」

也明白得很：他要把人、神、物交融起來，情、悟、理交融起來——這是內容方面的。

以多樣錯綜的形式，妥貼巧妙地承收了追求多棲性的內容，他果然是做到了，做得很好。我們想在這裏提出一點來說明他採取了怎樣的技法達到這意圖的。雖然我們前邊說過詩人對自己的作品，無論在內容上和技巧上，都有明切的解說，但這一點可能是他所未料及的，或者不同意的，所以冒昧提出來，就教於詩人及其詩的愛好者。

二

詩人自己用了「二元」的字樣，「對比」的字樣來描寫他的手法；我覺得更屬於他的詩的特點的卻在別處，是詞曲結句中的一種「三聯句式」。

律詩的對仗是中國詩的一個重要特色。兩句相互的關係是嚴格的對比、對稱。這對比、對稱兼及兩方面：一是語意的，一是音律的。在這兩方面都表現出一啟一承，一呼一應。力與反力相持，所以是靜態的。在內容意象上，光影相掩映，陰陽相配搭；在音律上，平仄清濁相應答，自成一個二元自足的宇宙。抽析出來可以獨立存在，寫成楹聯，發展成楹聯。有一種不均衡的對仗，是同字的出現。這在古體詩中本來有：「但見萬里天，不見萬里道。」（孟雲卿〈古別離〉）「在山泉水清，出山泉水濁。」（杜甫〈佳人〉）但因接下去的仍是整齊的五言句，所以並見不出其特性來。若試舉詞的例子：

煙也迷漫，水也迷漫，
天不教人客夢安。

一句說煙，一句說水，以對仗引出，似將形成對仗，卻都一樣是「也迷漫」。下半句是一重複，一啟之後，又一啟，而不見承，缺了一足。這缺陷，這偏傾，造成一種「懸案」的感覺。不得不待於第三句的出現來補足。第一句以同字鈎出第二句，而一、二兩句的不能自足，又必然鈎出第三句來。我們方才說律詩的對仗是靜態的，兩句的關係是力與反力的相持。這「三聯句」的第一個特點是它的流動性：這裏的力是同向的，順向的，一波激起一波，向前推進。對仗像建築裏的四合院：走進大門，就可以一覽其整體方正、莊穆、均稱的結構。三聯句則像曲折庭園的佈置：它節節誘你向前。

三聯句的第二個特點是它的跳級性。律詩的對仗是在一平面上的；在語法上限定名詞相對、動詞相對、虛詞相對，就詞義上說，分所謂天文門、地理門、人倫門、時令門等，同一範疇的事物相對始工。三聯句不然：一、二兩句固然有不完全的對仗雛形或殘形，所涉及的事物是同一類屬的，一個平面上的，像例中的「煙」和「水」，但第三句則跳升到另一個層次，由物跳到人，由景跳到情，托出前兩句所潛含而未吐露的思維。若仍用建築作喻：四合院面面是房屋，以房屋對房屋。庭園則不然，走完長廊，穿過月門，便步入石山修竹之中，又一轉，已在池畔，有天和水，有雲和魚，以建築引到建築之外。

對仗在嚴格規律中有許多變化，三聯句的變化就更大了，字數無定。同字可以在句首，在句中，在句尾，也可以在句首與句尾。同字也可以在第三句中再現。一、二兩句也可以全同，像「依舊，依舊！人與綠楊俱瘦。」一（秦觀〈如夢令〉）或者並無同字，但仍有懸示的效果，以待第三句的收煞。像「春如舊，人空瘦，淚痕紅浥鮫綃透。」

三聯句中三句的關係使我們不能不想到辯證法「正反合」的關係。辯證法正是說明事物變遷和質變躍進的。我們或可把三聯句稱作「詩的辯證法」罷。以這方法來寫出入徜徉於三界的「三棲」的心，誠是再合手沒有的工具了。集子裏例子很多，我們且先拈出兩個：

看你的唇，看你的眼睛

把下午看成永恆

前兩句要等第三句的出現才有了完全的意義，較深的意義。第三句雖也只是「看」卻不是平列的第三條「看」。它從「唇」，從「眼睛」跳到新的層次，轉向無形，走入時間，和超越時間。

飛來蜻蜓，飛去蜻蜓
飛來你。

就語法說，三句完全相同，似是平列的；就內容說，第一、二句是物，第三句是人，似不相干，然而在音調的迴蕩上，意境的發展上，緊接入扣。蜻蜓引出人來；人收攝了蜻蜓。兩相接應，頗有電影剪輯中的「化入」手法，在倏忽的動態中兩相幻疊。通常情形下，第三句是較舒較暢的長句，字數多於第一、二句。這裏例外，只一個「你」字來代替被預期的一組字。由於這反規律，「你」字彷彿是用高壓機壓縮起來的，或者是載重過多了的，而產生了特殊的分量、力量。

三

三聯句在集子裏很多，我們不再一一舉出說明，讀過詩集的人或可以憶得起。我們要特別申述的是一種破格的三聯句，因為乍看，看不出它是三聯句的句式來。對於第一、二句所造設的「懸案」，第三句給予類似「答案」的收煞；但如果把第三句也劈為雙句，「答案」就還變為新的「懸案」……如此，則讀者的注意力又一次被作者捉住，像天方夜譚裏的故事套著故事，聽者只得一層層追聽下去。這手法在《蓮的聯想》裏用過不少次，我們可以稱作一種「聯鎖的三聯句」。譬如：

諾，蓮何田田，葉何翩翩

你可能想像

此下詩人原可以單句煞住，然而卻打開一新的雙句：

美在其中，神在其上

此下似可煞住了，然而再轉，又展開一新的雙句：

我在其側，我在其間

最後才以「我是蜻蜓」一收，回到葉與蓮。第一雙句是眼前所見，是物，是景。第二雙句是第一雙句的合，跳級到超越的層次，是理念的。第三雙句是第二雙句的合，投身到自我意識的層次，是移情。末句是最後的合，一句類似冷然客觀陳述的肯定判斷。通過三聯句「辯證」結構，於是從物到神，從神到人，復由人入物，輪迴遷化，那樣自然，不費氣力，而貫穿得緊湊。從有象到無象，從抽象返實象，從視覺到玄思，到省覺，到幻想，一節一轉，一轉一天地。詩人所謂「入三境」的企圖在這裏表現得最為顯明突出，而這企圖與工具——三聯句——的運用達到和渾交融的境地。

為了佐證我們的說法，再引一個聯鎖三聯句的例子：

惟仲夏的驟雨可飲，月光可餐
覆蛙於葉下
承蜻蜓於葉上，維持一池的禪

「驟雨」、「月光」、「飲」、「餐」算一組，「蛙」、「蜻蜓」、「上」、「下」算一組，顯然可以見出駢句的傾向。第二雙句可說是由第一雙句導出的，但已轉換了注視的角度。末句的收煞，則從視覺跳級到悟覺的層次去。

四

前面討論三聯句的兩個特性——流動性和跳級性，是從語義、內容上著眼，現在再從音樂的觀點看。

我們仍從律詩的對仗說起。對仗在律詩中的作用是把詩的造境提到更高一度的精練。試讀杜甫的「叢菊兩開他日淚，孤舟一繫故園心。」無論在內容上，在音律上，字與字之間的牽制呼應達到了絕對的關係，營造力學的關係，不容稍有修動，一動就牽及整個建築間架。在組織上，對仗可說是律詩的紐結；在這裏曲意達到最高潮，詩情翻為白熱。我們試分析這一種緊張凝聚的意象是怎樣造成的。

我們曾說過，對仗是力與反力相持，是靜態的，至少從外面看起來，是靜態的。在這裏我們可以把「靜態」稱作一種「同時性」。力加在一物體上，那反力是在同一剎那間產生的。對仗的上句與下句就是這麼同樣並起共存。第一句的造形有待於第二句的接應；第二句的造形也有待於第一句的逗留。「五更鼓角聲悲壯，三峽星河影動搖。」（杜甫〈閣夜〉）上句呼喚下句，要求下句證明它存在的不虛；下句呼喚上句，在上句中覓出它存在的根源和基礎。在音律上也同樣：一邊是仄平，一邊即是平仄。一邊揚，一邊即抑，互為榫卯。一個旋律奏過，同樣的旋律以對位法換成了負的形式再奏一遍，給人以陰陽齒輪交相吻合的感覺，也就給了人「同時性」的幻覺。我們當然不是說兩句是同時寫出，念出，而是說在存在的層次，在存在的形式上，兩句有本體論的「同時性」。讀者欣賞的時候，也是依這存在關係把兩句同時懸起、鋪展而感受觀照的。詩篇的進行到了這紐結上，彷彿停駐，讀者從時間之流裏站出來，盤桓縱覽這神奇的峙立結構。

三聯句的流動性，在這裏我們換稱作「配時性」。重複或部分重複的兩個詩句造成半偏的情形：在語意上，造成「懸案」的感覺；在音律上則造成顯明的節奏。「汴水流，泗水流。」「思悠悠，恨悠悠。」我們可以打著拍子歌唱。我們不是說沒有同字，就沒有節拍，當然也不是說律詩中沒有節拍，但是三聯句的第一、二句，字數少，字數同，往往每句只是兩個字到四個字，韻位密，容易產生節奏效果，再加上同字佔據在同位置，就成了以強明節奏為特徵的樂句。但是樂曲只有海波擊岸，周而復始的節奏是不夠的，於是有待於第三句帶來旋律。第三句較長，較舒緩，抑揚跌宕，和第一、二句的明板擊節成為對照。在語意上，我們曾說三聯句的一個特性是「跳級性」，從一、二兩句到第三句有一「層次」的躍進。表現在音樂方面，即是從「節奏」轉為「旋律」。

「旋律」和「節奏」都是在時間之內實現的，依配時間的，縮織於時間的，在存在的層次上，在存在的形式上是「配時的」。

我們從《蓮的聯想》裏拈出幾個例子。

月在江南，月在漠北，月在太白

的杯底。

這是同字句在首的例子。三個「月」雖不落在韻腳，卻仍發生節拍的效果。有趣而值得指出的是，第三句同樣以「月在」起首，接承第一、二句的節拍，而詩人有意在「白」字上換行，使第三句也截成四言，「北」、「白」更暗暗相韻，讀到「的杯底」時，才發現這是一個模擬節奏，把前半裝扮為節奏的旋律。

古代隔煙，未來隔霧，現代
窄狹的現代能不能收容我們？

這是同義字在句尾的例子。第三句裏，「現代」的重複使第三句的內部也合了節奏。但這裏的節奏不是接承第一、二句的，而是自己另起的，涵在旋律裏的。

雲裏看過，雨裏看過
隔一彎淺淺的淡水，看過，

第三個「看過」被用一逗號和第三句的其餘部分隔開來。它屬於第三句，但它是節奏字，被詩人從旋律中隔離出來，單獨和別句的節奏字「看過」相呼應。而第三句的其餘部分也就從節奏中擺脫出來，悠揚地自己繡織它的旋律了。讀的時候，「隔一彎淺淺的淡水」，在音調上，緩急上，和前後都似乎不同：淺淺的，淡淡的，遠遠的。

五

三聯句的「配時性」使三聯句具有高度的音樂性。這音樂性在一首詩中產生特殊的作用。

詩人自己在詩集的「後記」裏曾提到「文白相互浮雕」。在他要求綜合各種對立面的企圖中，必然也有揉合文白的對立的要求。「雨珠從樹上垂直地滴落，我髮上的十月是潮濕的。」這樣的句子無疑是散文式的，說白的。在白話的說詞中，出現了三聯句的時候，就出現了較簡練的文言，或接近文言的詞彙語法；出現了有整齊樣式的詞的句型；出現了節奏和旋律相析離、相對照的作曲法；出現了不同層次的意境相排比、相含攝、相轉移的「辯證」，而詩的內容、句型、音樂性到這裏都同時起了質變。

植你於水中央，甄甄，你便是睡蓮
移你於岸上，蓮啊，你便醒為甄甄

這兩行極有意思，但讀起來，是說白，是一種散文詩。接下去：

你是宓宓，你是甄甄，你入水為神，你出水為人
兩棲的是你的靈魂

這裏出現了我們所說的三聯句，便由說而轉為唱，由陳述變為歌讚，悠揚激盪著了。

也有在三聯句中間插入說白的，那情形就很像曲裏的襯字，說伴著唱，唱裏有道白，交相穿插。我們把前面舉過的例子整段錄在這裏：

諾，葉何田田，蓮何翩翩
　你可能想像
美在其中，神在其上
我在其側，我在其間，我是蜻蜓
　風中有塵
有火藥味。　需要拭淚，我的眼睛

「諾」把一長段聯鎖三聯句導引出來，作用有點像詞裏一類領啟字：

「念」、「自」、「算」、「漸」、……並且也是以去聲喚起下面。但是更像襯字，因為更有獨立性些。「你可能想像」是說白，把三個聯鎖雙句太緊張的結構斷一斷，緩一緩。或者也可以看作接承第一雙句的旋律，在半途翻為節奏。這要看我們怎樣念法。一定有人會發問：這一長段的旋律句在哪裏呢？回答是旋律被節奏頂替了。按原則，旋律句在「我是蜻蜓」。以四言的節奏句代替了較長的旋律句已使讀者一驚，（我們也曾遇到過旋律句比節奏句更短的「飛來你」。）感到節奏的專橫把持，接下去再四句四言，造成節奏的壟斷局面，這是從內容上決定了這樣的形式的。後四句在語意上本是兩句話，是說白的，被截斷、倒裝，變為四句四言，表現了情緒上的緊張，雖未必是哽咽的抽泣卻有一種悽惻的激動。

例就舉到這裏。

中國新詩運動以來，由於形式太自由，太鬆散，大多數的詩失去了音樂性。有人想找出新的形式，譬如寫成九言，或十一言。但是韻位太疏，不成節奏；詞彙和語法都是白話，讀起來只是說話，不成旋律。每行字數雖同，只像是偶然同了的，寫在紙上，整整齊齊，但是聽不出來。也有採用西洋十四行的，但行間並無內在結構的音樂關係，也終是說了有詩意的幾句話而已，收不到音樂的效果。《蓮的聯想》是繼承了詞和曲的傳統，運用了中國文字本身的許多特點而寫成的新詩。而三聯句的運用變化極大，使人咀嚼著詞的甘冽，卻察不出固定的形式來，誠然是新的。

六

藝術評論可以分兩類：一是接受作者的企圖和他選用的工具，就作者的企圖討論這企圖是不是通過運用的工具得到充分的表現；就他運用的工具討論這工具是不是發揮到最大的效果。一是批評作者的企圖和作品的內容的。我本來也想對於《蓮的聯想》說一些關於內容和企圖的話，但本篇寫著寫著，成為專論三聯句的文字，無法再衍溢出去，其餘的話只好留在另一個機會去說了。

——原載《歐洲雜誌》季刊第六期（一九六六年冬季號）

附錄

本書相關評論索引

評論文章	評論者	原載處	原載日期
余光中的〈等你，在雨中〉	吳宏一	海洋詩刊	一九六四年一月
論三連句——關於余光中的《蓮的聯想》	熊秉明	歐洲雜誌	一九六六年一月
由余光中的《蓮的聯想》到〈或者所謂春天〉	張　健	大華晚報	一九六七年五月十五日
聯想的聯想：余光中的詩讀後感	馮雲濤	中華日報	一九七四年二月二十一日

余光中《蓮的聯想》	趙天儀	裸體的國王（台北：香草山）	一九七六年
〈碧潭〉	蕭　蕭	中外文學	一九七九年七月
融匯東西方之美——《蓮的聯想》德譯本導言	Andreas Donath	火浴的鳳凰——余光中作品評論集（台北：純文學）	一九七九年
〈等你，在雨中〉解說	楊子潤	中學白話詩選	一九八〇年
余光中〈等你，在雨中〉賞析	落　蒂	中學新詩選讀	一九八一年
余光中〈等你，在雨中〉	郭成義	從抒情趣味到反藝術思想（台北：金文圖書）	一九八四年
新詩中的古典技巧——試析《蓮的聯想》	鹿憶鹿	文藝月刊	一九八五年三月
隔海的繆思——論台灣詩人余光中的詩藝	李元洛	文學評論	一九八七年第六期

你好像雨中紅蓮翩翩向我走來——賞析〈等你，在雨中〉	張平治	美育	一九八七年第六期
〈等你，在雨中〉賞析	流沙河	余光中一百首（成都：四川文藝）	一九八八年
詩人余光中的香港時期	流沙河	中國時報	一九八八年十二月六日
等你，在雨中	伍方斐	中外現代抒情名詩鑑賞辭典（北：學苑）	一九八九年
〈等你，在雨中〉、〈碧潭〉賞析	壁　華	中外新詩名篇鑑賞辭典（四川：四川辭書）	一九九〇年
〈等你，在雨中〉賞析	李麗中	台灣新詩鑑賞辭典（太原：北岳文藝）	一九九一年
〈碧潭〉賞析	古遠清	台港現代詩賞析（鄭州：河南人民）	一九九一年

蓮的聯想——那個說「對此蓮池，我卻下跪」的詩人余光中	李栩鈺	清華文藝簡訊	一九九一年五月第五期
〈碧潭〉賞析	李元洛	新詩鑑賞辭典（上海：上海辭君）	一九七九年
在傳統與現代會點上——余光中〈等你，在雨中〉	胥岸英	寫作	一九九二年第六期
評余光中詩選：蓮乎、戀乎、憐乎	郭淑君	師大英語系蘭園（Orchid）	一九九二年
論余光中詩風的演變	劉裘蒂	璀璨的五彩筆——余光中作品評論集（台北：純文學）	一九九四年
三聯句，余氏特殊的「專利」	陳仲義	現代詩歌六十種·從投射到拼貼（桂林：漓江）	一九九七年十二月
余光中《蓮的聯想》	應鳳凰	台灣文學花園（台北：玉山）	二〇〇三年

戰後台灣現代詩創作思潮（余光中〈等你，在雨中〉部分）	陳千武	二〇〇四年戰後台灣文學學術研討會論文集	二〇〇四年
迴旋曲	江映瑤	中國時報〈人間〉	二〇〇五年十二月十五日
詩的光澤	陳芳明	孤夜獨書（台北：麥田）	二〇〇五年
古典降臨的城市	陳芳明	印刻文學	二〇〇七年四月號

別　冊

作者自譯中英對照四首

You are the lotus, still in the rain, still in the mist,
Still so near, yet still so far, miracle of a lotus,
Still so exceeding white with last summer,
        While I am drowned.

I am drowned, I am drowned, I've forgot myself,
A water-wraith, have forgot yourself,
A lotus-nymph. Look! autumn is here. Dead
        Lies every lotus.

你是那蓮，仍立在雨裡，仍立在霧裡
仍是恁近，恁遠，奇幻的蓮
仍展著去年仲夏的白豔
　　我已溺斃

我已溺斃，我已溺斃，我已忘記
自己是水鬼，忘記你
是一朵水神，這只是秋
　　蓮已凋盡

Rondo

The drizzling piano fills not a cold afternoon.
In the rain, let me swim to you,
A dying swimmer, with long hair trailing,
Swimming to you.

When music breaks, sorrow goes on like a film.
You stand in the rain, you float on the wave,
Reflecting yourself, a lotus, white,
Over the tide.

Over the tide, over the tide, I am a wounded
Swimmer, to pick just a lotus flower,
The shadow of a lotus flower, adrift all summer long,
Still on the pond.

Still on the pond, still on the pond, watery vagabond
Still dreaming of picking the lotus, the fairest,
The farthest of them all, farther than a hope,
You are the lotus.

迴旋曲

琴聲疎疎，注不盈清冷的下午
雨中，我向你游泳
我是垂死的泳者，曳著長髮
　　向你游泳

音樂斷時，悲鬱不斷如藕絲
立你在雨中，立你在波上
倒影翩翩，成一朵白蓮
　　在水中央

在水中央，在水中央，我是負傷
的泳者，只為採一朵蓮
一朵蓮影，泅一整個夏天
　　仍在池上

仍漾漾，仍漾漾，仍藻間流浪
仍夢見採蓮，最美的一朵
最遠的一朵，莫可奈何
　　你是那蓮

Is fiercer than vomiting volcano, deeper than the tomb.
Love's magnetic field pulls the distant doom.
Open always remain the lover's eyes, even
In sleep, even in the teeth of death, save when kissing —

When closest is the souls discourse, when lips
Exchange burming brands of ecstatic woes,
Save this moment, a minor eternity,
The lover's eyes, your eyes never close.

Exceeding red hot red is the lover's blood,
When lover and lover (when you and I) flame oxidized.

比活火山更強烈，比墳墓更深
愛情的磁場推到末日的邊疆
情人的睫毛從不閉上，即使
在夢中，在死亡的齒縫，除了接吻——

靈魂與靈魂最短的距離
當唇與唇互烙發光的標記
除了那一瞬，小規模的永恆
情人的睫毛，你的睫毛不閉上

情人的血特別紅，特別紅，特別紅
當情人和情人（當你和我）氧化成風

Exceeding Red is the Lover's Blood

Exceeding red is the lover's blood that makes Iceland a rose.
The lover is mirrored in lover's eyes; the lover's eyes
Look blue with looking often at the sky; the lover's tears
Taste salty, saltier than the Dead Sea taste.

Blind and quick, like the bat, lovers are
Somnambulists beyond cure. The lover's realm
Is the madman's realm, the demon's realm,
Impatient and indolent. The lover's time

Is eternal fragments. The lover's thoughts
Are rays ultra-violet, unseen but exceeding hot.
The lover's heart, proud and piteous, uplifts
The towering steeple, but harbors not a dot of doubt.

Wearing immortality on the finger, and crowned
With the halo of love, the lovers yet doubt
The sun is light. the sea is salt,
The flint is fire, but believe love

情人的血特別紅

情人的血特別紅，可以染冰島成玫瑰
情人的眼中倒映著情人，情人的眼
因過度仰望而變藍，因無盡止的流淚
而更鹹，而更鹹，比死海更鹹

盲目而且敏感，如蝙蝠，情人全是
無救的夢遊症患者，情人的世界
是狂人的世界，幽靈的世界
忙碌而且悠閒。　情人的時間

是永恆的碎片。　情人的思念
是紫外線，灼熱而看不見
情人的心驕傲而可憐，能舉起
教堂的塔尖，但不容一寸懷疑

情人把不朽戴在指上，把愛情的光圈
戴在髮上。　情人多疑，情人疑情人
疑太陽不是光，疑海不是鹽
疑燧石和舍利子，但絕對迷信愛情

And so to your eyes I turn my eyes. And what
Do I find there but the same mistiness? So I say,
Eternity here is where all paths end,
Where all directions come to a stand.

Suddenly, all the strange lights around the pole
Start winking their knowing eyes at us,
And up the ladder of midnight leaning for us
We climb together, never a backward glance

At where time was and is and ever shall be.

向你的美目問路，那裡也是
也是茫茫。　我遂輕喟：
此地已是永恆，一切的終點
此地沒有，也不需要方向

從天琴到天罡，一切奇幻的光
都霎眼示意，噫，何其詭祕
一時子夜斜向我們，斜一道雲梯
我們攜手同登，棄時間如遺

Lost

The night is now all quietness. Is this
Before our birth or after our death?
Am I holding endlessness or just your hands?
And why are the clouds so nebulous?

You have no name, tonight, I have no name.
In the distance flows the illusion that is time.
Just be lovely in my eyes and hands.   Never mind
The glow-worms and the frogs and the night leaning west.

Sometimes light years are shorter than an inch,
And all the myths up there within easy reach;
Sometimes Heaven can be so benign, as tonight,
And spread the net of stars on your hair.

How can we tell the Heavenly Stream from our path
While it's misty upstream and downstream?
And how can I recall where we've been going,
And whence exactly did we come?

茫

萬籟沉沉，這是身後，還是生前？
我握的是無限，是你的手？
何以竟夕雲影茫茫，清輝欲歛？
這是仲夏，星在天河擱淺

你沒有姓名，今夕，我沒有姓名
時間在遠方虛幻地流著
你在我掌中，你在我瞳中
任螢飛，任蛙鳴，任夜向西傾

有時光年短不盈寸，神話俯身
伸手可以摘一籮傳奇
有時神很仁慈，例如今夕
星牽一張髮網，覆在你額上

天河如路，路如天河
上游茫茫，下游茫茫，渡口以下，渡口以上
兩皆茫茫。　我已經忘記
從何處我們來，向何處我們去

Yet mine divorces me not. Here it stays
        With every lotus,
Watchful over its cosmos and mystery.

And all at once very near and far is the East.
        With Buddha in you,
The lotus flowers form a divine seat.

Look! Graceful are the flowers, cool the leaves!
        You can visualize
Beauty within them, and Deity above,

And me beside, and me between, I'm the dragon-fly.
        Dust is in the wind,
And powder. They need wiping, my weeping eyes.

我的卻拒絕遠行，我願在此
　伴每一朵蓮
守小千世界，守住神祕

是以東方甚遠，東方甚近
　心中有神
則蓮合為座，蓮疊如台

諾，葉何田田，蓮何翩翩
　你可能想像
美在其中，神在其上

我在其側，我在其間，我是蜻蜓
　風中有塵
有火藥味。　需要拭淚，我的眼睛

Associations of the Lotus

Still so credulous am I, now young no more,
　　So credulous of
Beauty. I wish to kneel to the lotus pond.

Now long have died the ecstasies of love.
　　Ah, love and love—
That last of toys, and first of annoys.

Now Narcissus dies thirsty in Greece:
　　On Byron's tomb
Crows are quarreling over a dead cicada.

War stops not at Hemingway's death.
　　Still men are fond
Of writing their diaries in the light of Mars.

A fashionable cancer is Nihilism.
　　When evening comes,
Many a soul takes leave of its flesh.

蓮的聯想

已經進入中年，還如此迷信
　迷信著美
對此蓮池，我欲下跪

想起愛情已死了很久
　想起愛情
最初的煩惱，最後的玩具

想起西方，水仙也渴斃了
　拜倫的墳上
為一隻死蟬，鴉在爭吵

戰爭不因漢明威不在而停止
　仍有人歡喜
在這種火光中來寫日記

虛無成為流行的癌症
　當黃昏來襲
許多靈魂便告別肉體

余　光　中　作　品　集　3　3

蓮的聯想

國家圖書館出版品預行編目（CIP）資料

蓮的聯想 / 余光中著 . -- 增訂新版 . --
臺北市 : 九歌出版社有限公司 , 2024.07
面；　公分 . -- (余光中作品集 ; 33)
ISBN 978-986-450-689-7 (平裝)

863.51　　　　113007914

作　　者——余光中
創 辦 人——蔡文甫
發 行 人——蔡澤玉
出　　版——九歌出版社有限公司
臺北市八德路 3 段 12 巷 57 弄 40 號
電話 / 02-25776564 傳真 / 02-25789205
郵政劃撥 / 0112295-1

九歌文學網　www.chiuko.com.tw

印　　刷——晨捷印製股份有限公司
法律顧問——龍躍天律師 · 蕭雄淋律師 · 董安丹律師
初　　版——2007 年 9 月
增訂新版——2024 年 7 月

定　　價——300 元
書　　號——0110233
I S B N——978-986-450-689-7
9789864506859（PDF）
9789864506866（EPUB）